Titelcovergestaltung: Miriam Stephanie Reese
Layout: Daniel Reese

Druck: Books on Demand, Norderstedt

ISBN 978-3-943002-03-4

# Märchenzirkus

Für

M., C., J. und I.

8

# Aschenputtel

**E**s gibt die Redewendung: Asche auf mein Haupt.

Doch anders, als allgemein gern behauptet, bezog sie sich ursprünglich nicht darauf, dass Fehler eingestanden wurden.

Im Altertum gab es merkwürdige Sitten und Bräuche – so war es üblich, dass man die Asche seiner Hinterbliebenen auf den Kopf und die Kleidung streute.

An Aschermittwoch war ein ganz ähnliches Ritual gängig, bei dem man sich ein Kreuz, eben aus Asche, auf die Stirn malte.

Beides hatte nur einen Sinn: den Ausdruck von Trauer und Betroffenheit.

Manchmal meinen Menschen, dass Abläufe in der Natur kontinuierlich seien und Quantensprünge dem widersprüchlich entgegenstünden.

Doch davon ist hier nicht die Rede.

Zählt man gar eins und eins zusammen, ergibt sich aus der Traurigkeit und der Asche auf dem Haupt die Legende Aschenputtels.

Aber das ist nur eine Teillösung um ihre Person – die Rechnung geht auf, wenn man weiß, dass sie nur sehr bedingt die arme Stieftochter war, die von der Stiefmutter und deren Töchtern gegängelt wurde.

Auch das Erbsenzählen war mehr Redensart als Wirklichkeit.

Es herrschen zwei Herleitungen des Ursprungs vor: die, dass es sich um jemanden handelte, der vor Langeweile dieser Beschäftigung nachging, und die, dass jemand ein Pedant war, der alles kontrollieren musste.

Ersteres könnte auf *sie* zugetroffen haben ...

Letzteres aber ganz sicher auf ihre Stiefmutter, die das Mädchen nur Aschenputtel nannte, und es hieß, die Arbeiten als Totengräberin zu übernehmen während der Abwesenheit des Vaters.

Da zieht es einem ja die Schuhe aus, könnte man meinen.
Und man meinte in diesem Fall damit nicht salopp, dass einem etwas unglaublich erschien.

So verlor auch die Leichenbraut, als welche besagte unter den Leuten verschrieen war, keinen Schuh nach dem Ball im Schloss. Zu keinem Tanz wäre sie geladen worden. Sondern ein junger Mann, für sie ein Prinz, der er nicht war, blieb mit seinem Stiefel in einer ausgehobenen Grube auf dem Friedhof stecken, als er an einem verregneten Tag das Grab eines vor kurzem verstorbenen Freundes aufsuchte.
Sie half ihm aus dem Morast, wobei er seinen Stiefel verlor. Die Leichenbraut zog ihn aus dem Schlamm und säuberte ihn.
Da man solche Galanterien gerne dem anderen Geschlecht zuschrieb, wurden die Rollen der beiden im späteren Märchen vertauscht.
Der Rest der Geschichte blieb kein offenes Ende – es trug sich so zu, wie man es kannte und erwartete: Hochzeit, Kinder …

Was zum Schluss starb, war ihre Liebe.
Und wenn sie sich nicht später im Streit meuchelten und so zu ihren eigenen Kunden wurden – und wenn sie nicht gestorben sind …

Als Zusatz sei dem bloß zu ergänzen, dass auch der Vater Aschenputtels wieder heimkehrte, es ihm aber nicht besser erging und bald alles darauf hinauslief, dass er sich von seiner Frau trennte, jedoch noch so viel für sie übrighatte, dass er ihr und ihren Töchtern Anstellungen in seinem Bestattungsinstitut gab, damit sie nicht hausieren gingen oder er gar für sie aufkommen musste.

Das Geschäft mit dem Tod war nicht ehrenwert – und ihr Verhalten keiner Anerkennung würdig …
Und so kam es zu der Bedeutung, Fehler begangen zu haben, wenn Asche über das Haupt gestreut wurde, was bei allen nicht ausblieb.

# Schneewittchen

So rot wie Blut, so weiß wie Schnee und so schwarz wie Ebenholz – man könnte es aber auch blutleer, Schnee von gestern oder Schwarzmalerei nennen.

Denn was sich abzeichnete, verhieß nichts weiter, als dass einem Klischee Nahrung gegeben worden war und man dies auskostete.

Lippenstift, Puder und Haarfarbe waren die Geheimnisse, die eine Möchtegern-Prinzessin zu einer echten Gothic Queen werden ließen – nicht der Wunsch einer Mutter, die sich ein solideres Erscheinungsbild ihrer Tochter erhofft hätte.

Natürlich starb die Frau nicht an Gram darüber, wie ihr Kind herumlief – aber dieser Umstand verstärkte seinen Style noch durch den frühen Tod des Elternteils und bekräftigte somit das Image.

Nicht im Wochenbett, sondern Jahre später erlag die Mutter einem schweren Leiden, welches das Schönheitsideal des Morbiden für immer bei der Tochter prägte.

Konnte man es ihr verdenken?

Sie wuchs in einem Schloss auf, welches eine beachtliche Sammlung an Waffen, Rüstungen und Uniformen vorzuweisen hatte und in dem sich Gewölbe befanden, in denen auch Kerkerzellen und darüber hinaus die Folterkammer samt Instrumenten, beheimatet waren.

Fledermäuse und Spinnen hatten dort ebenso ihr Zuhause – und für das Mädchen, das diese Tiere und all die Sagen und Legenden faszinierten, war es das ideale Heim.

Ein Hort der Schauermärchen …

Bis die Stiefmutter ihren Fuß über die Schwelle des Tores setzte und diesen fortan in der Tür hatte.

Anstatt nun aber der Tochter ihrer Vorgängerin und ihres Mannes eben diese zu öffnen, sperrte sie sich gegen das sonderbare Kind und jenem alle Wege, sich frei zu entwickeln.

Doch die inzwischen zu einer Frau Herangewachsene fand Schlupflöcher, um sich selbst zu verwirklichen.
Rot wie Blut – weil sie sich auf die Lippen biss, damit diese die Farbe hatten. Weiß wie Schnee – oder zermahlener Kalk, damit ihre Haut noch fahler und blasser wirkte. Schwarz wie Ebenholz – ein Gemisch aus einem Pflanzenbrei, der ihr Haar dunkel färbte.

Ihr Aussehen minderte ihr Ansehen bei der Stiefmutter – denn sie anzusehen verhieß die Aussicht auf Konkurrenz.
Und eine Nebenbuhlerin duldete sie nicht.

*Spieglein, Spieglein an der Wand, wer ist die Schönste im ganzen Land?*

Manche Fragen bedurften keiner ausführlichen Antwort ...
Und so ließ die Stiefmutter nach einem als Schürzenjäger Bekannten schicken, der die Funktionen ihres Liebhabers wie Leibwächters übernahm und der ihr hörig war.

„Töte sie!", befahl sie dem Mann, der sich jedoch nicht zum Mörder eines Menschen machen lassen wollte – schon gar nicht, wenn dieser das ihn bezaubernden Geschlechts entsprach und mystisch schön war.

So setzte er die junge Dame aus, erlangte, nicht erlegte, ein Wild – nicht etwa im Wald, sondern er machte es sich bei einem Metzger zu eigen, indem er es ihm abkaufte – und brachte der Stiefmutter dessen Hirn und Herz zum Verzehr, basierend auf dem Glauben alter Kulturen, dass durch dieses Mahl Kraft und Schönheit des Umgebrachten auf sie übergingen.

Aber übergingen war nur eine schöne, bekräftigende Überleitung.
Denn die Stiefmutter war über-, gar hintergangen worden.

Der Schürzenjäger hatte die junge Frau in ein sicheres Versteck gebracht.
Dorthin, wo sie, anders als sonst, kaum auffiel – zu einem Festival.
Genau dort lernte sie auch eine Band kennen.
Und weil die Frau hochgewachsen und die Herren alle etwas kleiner als sie waren, nannte sie sie liebevoll ihre Zwerge.

Zuerst stieg sie bei den Jungs als deren Mädchen für (fast) alles ein. Dann wurde sie deren Managerin. Und letztlich hörten sie sie zufällig unter der Dusche singen und machten sie zu ihrer Frontfrau.

Ihr Erfolg war nicht zu leugnen – aber dadurch ihr Ruhm auch nicht zu verheimlichen.
So erfuhren Land, Leute, die Stiefmutter und letztlich auch der Vater von der Karriere seiner Tochter als Gothic-Sängerin.

Und er kam dahinter, was zwischen der Stiefmutter und seinem Kind vorgefallen war ...

Infolgedessen ließ er nun nicht etwa seine Frau hinauswerfen. Nein, er verbannte die Hexe in eines der Kellergewölbe, ließ eine Zelle zu einem Zimmer einrichten und beschallte den Kerker fortan mit der Musik seiner Tochter, die lieber Gothic Queen bleiben wollte, anstatt wieder zu seiner kleinen Prinzessin zu werden.

Und wenn die Stiefmutter nicht gestorben ist, dann hält sie sich vielleicht noch heute permanent die Ohren zu, während ihr Ziehkind tourt.

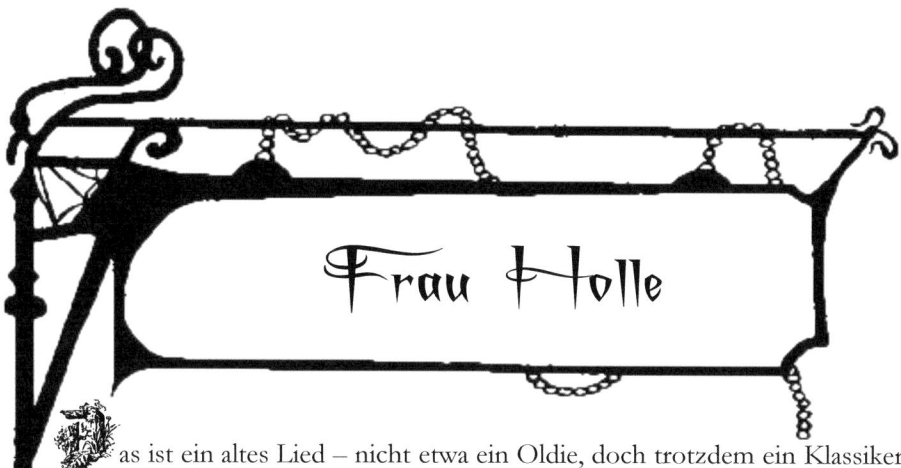

# Frau Holle

as ist ein altes Lied – nicht etwa ein Oldie, doch trotzdem ein Klassiker – das Klischee des alternden Rockstars.

Wie viele Töne wurden schon darüber angeschlagen? Mehr als dass es Noten gäbe ...

Und dennoch klangen sie nie wie Musik in den Ohren der Betroffenen – die Berichte über ihre Exzesse und Abstürze.

Als nichts anderes jedoch konnte dieser hier gewertet werden, in dem eine Legende zu einer Märchenfigur degradiert wurde.

Die Geschichte an sich hatte wenig märchenhaftes.

Goldmarie und Pechmarie sind Sinnbilder ein und derselben Person: Frau Holle.

Und diese Person war wiederum genau genommen nicht mal eine, sondern eine ganze Band – Musiker, Spielleute deren Name sich aus Frau, einem Pseudonym des Zweitklassigen, denn als solches galt das Weibliche zu der Zeit, und Holle, dass sich von Hölle ableitete, stand. Irgendwer hatte wohl mal die Pünktchen über dem Ö vergessen und dabei blieb es ...

So war Frau Holle also eine Gruppe, deren Name zwar auf ihre Musik, aber nicht auf ihren Erfolg schließen ließ.

Sie waren ganz oben – doch den Begriff Götter des Rockolymps kannte damals noch keiner.

Und auch wenn man sie in den Himmel hob, wäre es gotteslästerlich und vermessen gewesen, den Musikern dort einen Platz zuzugestehen.

Also landeten sie anstelle dessen sprichwörtlich in der Traufe – dem höchsten Teil des Daches. Ja, sie waren ganz oben!

Bis Gewitterwolken aufzogen – vom Blitzlicht in den Schatten.

Letztlich, weil Frau Holle es schneien ließ ...

Drogen, Alkohol, Sex – Abgründe taten sich auf, Abstürze folgten.

Aus dem Gold wurde Pech – aus Reichtum die Pleite.

Und so blieb einigen nichts anderes übrig, als ihr Geld wieder mit Obstanbau oder als Bäcker – in ihren alten Berufen – zu verdienen.

Man kann sich nun über Erfolg oder Misserfolg streiten.
Unstrittig ist jedoch, dass die Sängerin nach einigen Entzügen wieder die Bühne betrat.

Vom Regen in die Traufe. Denn rettete sie sich auch aus der einen Abhängigkeit, so geriet sie bald darauf unter den Schwall der nächsten – Beliebtheit machte süchtig, Bewunderung berauschte ...
Arroganz und Überheblichkeit folgten erneut – das alte Lied eben.

Und wenn sie sich keine Überdosis verpasste, dann dröhnt vielleicht noch heute ihre schöne Stimme von irgendwoher oder sie sich die Venen voll.

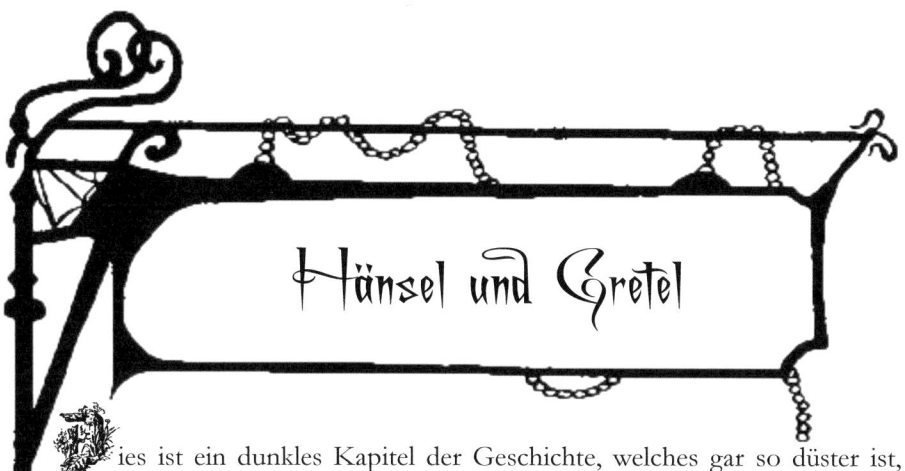

# Hänsel und Gretel

ies ist ein dunkles Kapitel der Geschichte, welches gar so düster ist, dass es sehr verwundert, wie es seinen Weg in Märchenbücher finden konnte.

Viele strafen den Krimi Lügen, aber natürlich hat er sich tatsächlich abgespielt.

Angeklagt waren zwei Kinder – beschuldigt des Mordes.

Und wer *Hänsel und Gretel* gelesen hat, der kann die beiden nicht freisprechen.

Es konnte nicht die Rede davon sein, dass Hexenverbrennungen ausschließlich Thema der Inquisition waren.

Hänsel und Gretel zum Beispiel, wurden nicht etwa von ihrem Vater im Wald ausgesetzt, sondern von ihrer Mutter zum Haus der von ihr als Hexe Beschimpften geschickt.

Nicht etwa Hunger war ihr Motiv, sondern religiöser Fanatismus und Neid.

Sie war eine Feministin, daran gescheitert, dass es keine wirkliche Gleichberechtigung für Mann und Frau gab. Sie hatte sich in die Rolle des guten Weibes gestürzt und begegnete den weiblichen Wesen missgünstig, die sich nicht zum Hausmütterchen degradieren ließen, sondern Karriere machten.

Eine davon war eine Kräuterfrau, heutzutage würde sie als Heilpraktikerin gelten, die mit ihren Tränken und Elixieren manches Leiden und Wehwehchen kurierte.

Nun schützten aber diese nicht vor übler Nachrede, so wie das Alter angeblich nicht vor Torheit.

Und so wurde die als Hexe Bezeichnete von den Kindern im Auftrag der Stiefmutter mit einem Knochen überlistet ...

In dem Käfig saß nicht etwa Hänsel, um gemästet und verspeist zu werden, sondern ein Huhn, welches Gretel auf dem Markt erworben hatte.

Dieses Tier spielte eigentlich gar keine Rolle, denn es sollte nicht geschlachtet werden, um dem Verzehr zu dienen, sondern lediglich Eier legen.

Das Ei, das jedoch gelegt wurde, war wohl die Herleitung vom Huhn zum Knochen zu Hänsel.

Woher er diesen hatte und ob es nicht vielleicht doch ein Stock aus dem umliegenden Wald war, das kann keiner mehr mit Sicherheit sagen – nicht einmal die Akten geben Aufschluss darüber, weil die Analysemethoden der Forensik noch nicht so weit waren und der Junge seine Aussage verweigerte.

Aber fest steht, dass er die als Hexe Titulierte mittels dieses Gegenstands arglistig getäuscht und letztlich zu Tode gebracht hatte, indem er ihr durch Gretel, einer meisterhaften Schauspielerin, vorgaukeln ließ, er sei in den Ofen, in dem ein Feuer loderte, gestürzt.

Als Beweis dafür erbrachte das Mädchen der Frau den „Knochen", den Hänsel immer bei sich getragen hatte, und den er angeblich fallen ließ, als ihn etwas in die Luke und die Glut zog.

Wie erwähnt: Alter schützte vor Torheit nicht ...

Und natürlich glaubte die vermeintliche Hexe an Übersinnliches wie Geister und Gespenster. Die Kräuterfrau war davon überzeugt, dass Hänsel als Strafe für die bösen Lästereien seiner Stiefmutter über sie von etwas Paranormalem durch einen Schubs auf den Weg in die Hölle gebracht worden sei.

Um ihn zu erretten, ihm dem Leben, wenigstens aber der geweihten Erde, also dem Boden unter den Füßen, oder besser noch dem Himmel zu übergeben und nicht der Asche zuzuführen, die ins Verderben führte, stieg sie ihm nach.

Da stießen die Kinder die Ofentür zu und ließen sie verbrennen.

Weitere Fakten des finsteren Kapitels dieses Märchens sind dem Bericht des Strafverfahrens und den Gerichtsakten zu entnehmen.

Zartbesaiteten ist anzuraten, sich weiter der Märchenversion zu widmen.

Denn wenn sie nicht gestorben sind, kommen Hänsel und Gretel eventuell auch auf Geheiß von jemandem irgendwann zu dir ...

# Dornröschen

Als Dornen werden spitze Gebilde einiger Pflanzenarten bezeichnet.
Und so lag es auch nahe, wie Dornröschen zu ihrem Namen kam.
Ihre Eltern nannten das Mädchen eigentlich Rose. Sie hieß so wegen ihrer aufgeplusterten rotblonden Haare und ihrer grazilen, einem Stängel gleichenden Figur.

Doch anstatt in späteren Jahren die wohligen Rundungen der Blütenblätter, also die einer jungen Frau anzunehmen, stachen bei ihr die Knochen unter der Haut hervor, so mager war sie.
Die Natur macht sich keinen Spaß mit ihren Kreaturen – die Menschen hingegen belustigten sich gern, dass *man sich an Rose einen Splitter einreißen könne*, so dünn wie sie war.

Und so wurde aus ihr Dornröschen.
Eine erst traurige und dann wütende Person, die sich schon als Kind oft wünschte, dem Spott zu entgehen, indem sie sich an einer Spindel stach – an einer Rose wäre zu kränkend und verletzend gewesen – und in einen hundertjährigen Schlaf fiel. Sie dachte sich aus, von einer bösen Fee nach ihrer Geburt verflucht worden zu sein und glaubte auch noch später daran, dass ihr Name ein schlechtes Omen war – ein Zeichen, welches sich aber dennoch zum Guten für sie wenden sollte.

Denn wie es eben in ihrer Natur liegt, dienen Dornen auch zum Schutz und hinterlassen Eindrücke, kommt man mit ihnen in Berührung.
Das erfasste Rose und begriff es, sich dies zur Eigenschaft zu machen.

Die schon immer an Botanik interessierte Frau, der diese Leidenschaft bereits als Mädchen in die Wiege gelegt worden zu sein schien, beschäftigte sich mit nichts anderem mehr als mit Blumen und Pflanzen, deren heilender Wirkung oder wie man sie als Gift einsetzen konnte.

Zuerst las sie viel über das Thema und erkannte, dass eine Rose, das Gewächs ihrer Namensgebung, in der Ansicht Pflanzenkundiger gar keinen einzigen Dorn besaß, sondern Stacheln hatte.

Daraus schlussfolgerte sie, dass sie nicht aussah wie jemand, an dem man sich einen Splitter einreißen konnte. Das verlieh ihr Selbstvertrauen.

Sie begann mit dem Aufbau von Gewächshäusern, einem angeschlossenen Labor und dem Anbau und der Züchtung eines wunderschönen Rosengartens, in dem die prächtigsten Knospen erblühten.
Nur Rose selbst welkte mehr und mehr dahin, weil der ohnehin Schlanken vor lauter Forschung und Arbeit der Appetit vergangen war, sie nicht zum Essen kam und auch keinen Hunger verspürte.

Auf spitzfindige Unterschiede, ob nun Dornen, Stacheln oder Splitter, legte man allgemein keinen Wert, wovon schon die im Mittelalter gängigen Sprichwörter zeugten, die immer wieder mit ihr in Verbindung gebracht wurden.
Aber man legte Wert auf das Wort des Glaubens – mehr als auf das der Wissenschaft.
So las Rose im Alten Testament der Bibel, im 4. Buch Mose, Kapitel 33, Vers 55:
Werdet ihr aber die Einwohner nicht vertreiben vor eurem Angesicht, so werden die, die ihr überbleiben lasset, zu den Dornen in euren Augen …

Weiter brauchte Rose nicht zu schmökern.
Denn diese Zeilen brachten sie auf eine Idee …

Sie züchtete eine Rose, deren Duft allen die Tränen in die Augen schließen ließ und ihre Lästerer vertrieb.
Fortan konnte sie in Ruhe weiter der Botanik frönen.

Und wenn sie nicht verhungert ist, dann tut sie das noch heute …

# Das tapfere Scheinderlein

Sieben auf einen Streich – stimmt!

Aber das mit dem Töten von Fliegen auf einem Pflaumenmusbrot ...

Und dann etwas von einem tapferen Schneiderlein anklingen zu lassen ...

Wie ein Bach, der vor sich hin floss, kam diese Geschichte daher – aber sie lief anders ab.

Wie es war – das ist wahr:

Ärzte sind des Herrgotts Menschenflicker.

Doch diesen konnte man als Quacksalber ansehen.

Oder strafte man sich Lügen, ihn als solchen zu bezichtigen?

Richtig war, dass sein Ruf ebenso zwielichtig gewesen ist, wie er als Persönlichkeit galt – eine gespaltene Persönlichkeit mit unermesslichem Geschick, hohem Wissen und nicht einschätzbarer Intelligenz.

Er war ein modeorientierter Mediziner, der sich als Schneider ausgab. Ein Chirurg, der sein Wirken oder Werken nicht der Heilung, sondern der Schönheit widmete.

Weil er aber zu einer Zeit tätig war, in der die Menschen noch an die sieben Todsünden glaubten, und Eitelkeit eine von ihnen ist, war er unter manchen, den meisten muss man wohl zugeben, verschrieen.

Andere hingegen beteten ihn an. Zweifelhafte Gestalten und Wahnsinnige scharte er daher gern um sich.

Um den illustren Kreis an Bösewichten und Kriminellen nicht hochgehen zu lassen, agierte er im Untergrund.

Diesen darf man sich nun nicht etwa als heimlich geführte Praxis vorstellen – wer seine Operationsstätte aufsuchen wollte, suchte ihn am besten unter einem Pflaumenbaum auf.

Wie die *Sieben* erklärt das auch das Mus, welches sich aus zu Boden gefallenen Früchten, doch nicht nur aus Obst, sondern auch geflossenem Blut, Haut, Knochen und Gedärm zusammensetzte.

Er nahm seine plastischen Eingriffe vor Ort vor!

Gut, sie fanden nicht unter besonders hygienischen Bedingungen statt ...

Aber wer versucht war, sich das Messer von ihm auf die Brust setzen zu lassen, sich ihm ans Messer zu liefern, dann unter sein Messer zu kommen und hoffentlich dabei nicht über seine Klinge zu springen, dem war das egal.

Die beste Krankheit taugte nichts ... Wie letztlich auch die allerbeste Schönheitsoperation ...

Doch diesem, man konnte es getrost Pack nennen, war es einerlei.

Sie heulten höchstens ob der Strafen, die von der Gerichtsbarkeit auf sie ausgesetzt waren, und des Geldes wegen, welches unser Schneiderlein für seine Dienste forderte.

Wer zu ihm kam, dem ging es um nichts mehr als sein Leben. Und wer nichts weiter zu verlieren hatte, dem war es im Zweifelsfall lieber, unter Betäubung als unter der Folter zu sterben.

Nun war da die Sache mit den Riesen, dem Wildschwein und dem Einhorn – Decknamen landesbekannter Gauner und Ganoven – auf deren Erfassung ein Sitz im Parlament als Lohn und die Bekanntschaft der Tochter des Regenten, auf deren Hand ein Glücklicher hoffen durfte, stand.

Der Schneider frönte noch einer weiteren Todsünde – der Gier.

Und so nahm er allen Mut zusammen, was ihm den Beinamen *tapfer* einbrachte, ging zu seinem Staatsoberhaupt und wollte nach und nach, einen nach dem anderen, die von ihm behandelten Schurken ausliefern.

Doch man glaubte ihm nicht, dass er sein Handwerk so meisterlich verstand, dass keiner die Übeltäter, nicht einmal ihre eigenen Mütter, sie danach wiedererkannten.

Um dennoch sicherzugehen, wurden die als Riesen, Wildschwein und Einhorn bezichtigten Männer des Landes verwiesen.

Der fortan nur noch höhnisch *das tapfere Schneiderlein* Genannte, landete danach wirklich am Regierungssitz. In der Hölle des dortigen Verlieses, wo er aufgrund der Dunkelheit erblindete und wegen der Feuchtigkeit Rheuma bekam, was nicht nur seine Finger krümmte, sondern ihn auch die Hand der schönsten Tochter des Landes vergessen ließ.

Heute erinnert sich keiner mehr an den Arzt, der er war.

Aber jeder kennt den Mythos von dem, der flinker mit der Nadel umgehen konnte als mit seinem Verstand.

Und wenn die Klugheit nicht gestorben ist, dann ist sie manchmal dennoch keine Frage des Wissens ...

# Die sieben Raben

Humbug! Alles blanker Irrsinn! Entstanden aus den wirren Aufzeichnungen eines Verrückten. Denn wie nah liegen Genie und Wahnsinn beieinander ...

Die Legende der in sieben Raben verwandelten Brüder ... Der besagte *rabenschwarze* Tag ...
Beides aus der Feder desselben Mannes niedergeschrieben, doch nicht ursprünglich in einem Buch des Genres Märchen oder einer Abhandlung über Redewendungen. Die Quelle ist ein Almanach der Alchimie! Verfasst von einem Wissenschaftler, der nicht begriff, dass das, woran er glaubte, nicht eintreten konnte.
Ob es Dämpfe der Chemikalien oder sein Schicksal war, das ihm den Geist vernebelte – umnachtete – das ist unklar; gewiss ist hingegen, dass er Vater von sieben Söhnen war.

Und diese schickte er tatsächlich hinaus in die Welt.
Aber nicht, um Taufwasser für die gerade geborene Schwester zu holen.
Der Krug, der im Streit zerbrochen wurde, war ein anderer:
Nichts war dem ehrgeizigen Mann genug – schon gar nicht die Leistungen seiner Jungen. Und so förderte er sie erst; forderte aber dann nur noch von ihnen, immer besser zu werden. Gut war nicht gut genug, sodass er heftig erboste.

Sein Jähzorn war so gewaltig, dass er seine männlichen Nachkommen verwünschte und ihnen gebot, niemals mehr auch nur einen Fuß über die Schwelle seines Hauses zu setzen.
Er brüllte ihnen nach, dass sie aus seiner Sicht nun *vogelfrei* wären und verbannte sie.
Da drehte sich einer um, blickte ihn nochmals an und holte die Erkundigung ein, wenn schon keinen Fuß über die Schwelle, ob sie dann irgendwann ihre Flügel nach seinem Sims ausstrecken dürften.

Dies machte den Mann noch wütender, dass er sie verfluchte, zu Raben zu werden.

Nun war es aber nicht so, dass sie aus seinen Augen auch aus seinem Sinn waren.

Etliche Male hatten sich Frühjahr, Sommer, Herbst und Winter abgewechselt. Aus seinem kleinen Mädchen war eine erwachsene Frau geworden. Und daraus, dass er seine Söhne im Zorn vertrieben hatte, bittere Reue und Sehnsucht, die an ihm nagte, ihn zerfraß.

Seine Verbissenheit hatte die Tochter von ihm geerbt. Denn als sie von ihren Geschwistern erfuhr, gab es für beide kein anderes Thema mehr. Sie wollte ihre Brüder kennenlernen, und der Vater seine Söhne zurück.

Doch ihm waren die Hände gebunden. Er war verstrickt in seine Arbeit, die ihn so fesselte, dass er nicht um den Erdball ziehen konnte, sie zu suchen, sondern sie mit Hilfe seiner Studien finden wollte.

Und dann kam eben dieser besagte, verschriene Tag, an dem er durchdrehte.

Der Vater experimentierte mit diversen Substanzen in seinem Labor herum. Und wieder gelang ihm im Rahmen des Zweigs der Naturphilosophie kein zufriedenstellendes Resultat.

Er ärgerte sich so ob seiner vermissten Kinder und seiner fehlenden Ergebnisse, dass er einige seiner Destilliergefäße, Kolben und Mörser zerschlug, rasend wurde und sich selbst geißeln wollte für sein Versagen, welches er nicht mehr ertrug.

Noch ehe er den ersten Schlag gegen sich mit seinem Lederriemen tat, hob ein Krächzen an – ein Rabe hatte sich auf dem Sims niedergelassen.

Da verlor der Mann den Verstand und meinte, das Können erlangt zu haben, Menschen in Vögel zu verwandeln.

Seine Tochter erkannte, dass er auf keinen *Stein der Weisen* gestoßen, sondern einem aberwitzigen Irrglauben verfallen war.

Anstatt sich aber nun lustig zu machen oder gegen die Ansichten ihres Vaters zu rebellieren, unterstützte sie ihn nach Leibeskräften. Ihr mangelte es nicht an Stärke, sich aufzulehnen. Aber sie hielt es für schlauer, ihm nicht, nachdem sich der Mann durch sein eigenes Handeln das Hirn zermartert hatte, auch noch das Herz zu brechen.

Dem Hörensagen nach schickte er sie zwar aus, die Söhne zurückzuholen, aber daran war nichts Wahres.

Dennoch ist es kein Fehler entsprechender Literaturfassungen, dass sie der Sonne, dem Mond und dem Abendstern begegnete und zu einem „Glasberg" kam. Auf ihrem Weg türmten sich wirklich Scherbenhaufen ...

Aber hier ging es nicht darum, dass die Tochter die Himmelskörper traf, sondern vom Vater etwas über sein Wissen mit den Metallen erlernte, denen sie zugeschrieben wurden.

So stand Gold für die Sonne, Silber für den Mond und Kupfer für die Venus, den Abendstern – ein Planet, der in der Mythologie als Name der Liebesgöttin genannt wird.

Die Tochter achtete die Gefühle des Vaters, und so wollte sie auch seine Interessen für Zusammenhänge der Elemente und Gestirne, sowie seine Aufzeichnungen über Transmutation teilen.

Die Psyche ihres Vaters heilte das nicht. Doch es linderte seine Qualen, vor seinem Tod zu erleben, wie eines seiner Kinder ebenfalls der Alchimie verfiel.

Den Untergang seiner Seele zu verhindern oder die Heimkehr der Söhne zu erwirken, das vermochte die Tochter aber auch nicht.

Doch bei ihren Anwendungen entdeckte sie das Porzellan.

Ein anderer Alchemist sollte das Material später wieder erschaffen, nachdem es in Vergessenheit geriet. Wie die sieben Söhne vom Vater und der Welt, in die er sie geschickt hatte, vergessen wurden.

Was übrigens das verlorene Hinkelbein betraf, dass im Märchen eine Rolle spielt, so stimmt, dass sich die Tochter aus Versehen einen Finger abschnitt, der jedoch keine Tür öffnete, sondern nur eine Schlüsselfunktion bei der Mixtur des *weißen Goldes* bildete. Aber das ist eine andere Geschichte ...

Und der erwähnte Zwerg?
Sie bekam später einen Sohn, der mit ihr am Tisch des Großvaters aus den Bechern der verschwundenen Onkel trank und von deren Tellern aß.

Und wenn sie nicht gestorben ist, dann erbte sie als erste Frau den Ring des Alchimisten, nachdem ihr Vater erlöst wurde von seinem Leid ...

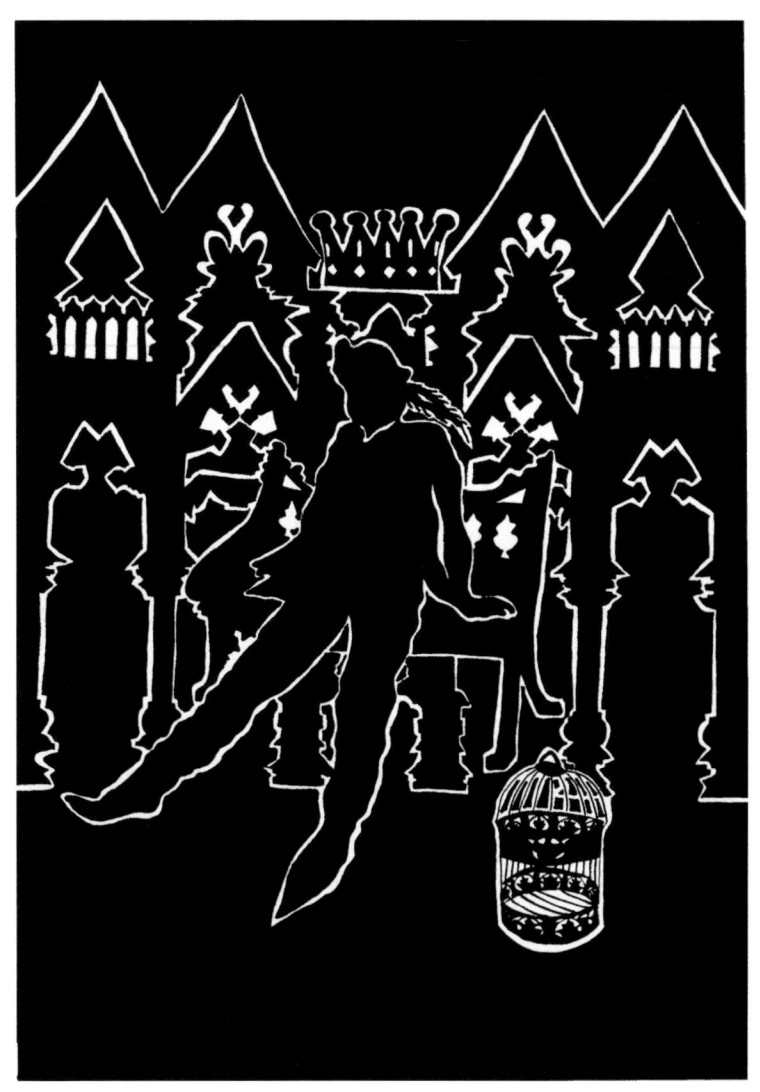

# König Drosselbart

Ungebunden – das waren sie eigentlich, die Vogelfreien – im Ursprung des Wortes.

Doch wie schon die Evolution bewies – Grundsätzliches ändert sich manchmal.

Und so erging es auch der Bezeichnung.

Das harmlose Wort artete aus ...

Es wurde erst Dichtung, dann Ächtung, dann Gesetz.

Und wie?

Durch die Bamberger Halsgerichtsordnung, zitiert nach Jacob Grimm, Band 1, Seite 58, auf der geschrieben steht:... *als du mit Urteil und Recht zu der Mordacht erteilt worden bist, also nim ich dein Leib und Gut aus dem Fride und thu sie in den Unfrid und künde dich erlös und rechtlos und künde dich den Vögeln frei in den Lüften ...*

Aus gleicher Quelle, nur anderen Ursprungs, aus gleicher Feder, bloß anderer Tinte, floss auch die Geschichte über den, den sie Drosselbart nannten.

Was hatte nun der mit dem spöttischen Singvogelnamen und mit der Vogelfreiheit gemein?

Nicht umsonst heißt es noch heute Könige der Spielleute ...

Im Fluss der Zeit wurde seine Überlieferung zu einem Märchen. Sein Leben entsprach jedoch nicht der Sage, sondern ging auf sein Schicksal zurück, welches sich wie folgt beschreiben lässt:

Wurzeln verpflichten nicht zum Haften an Altbewährtem; hohe Geburt setzt nicht niedere Charaktereigenschaften außer Gefecht. Und plötzlicher Erfolg ist unabhängig von privatem Scheitern.

Der Übermut des hier beschriebenen Musikers stand in nichts der Widerspenstigkeit und den Lästereien der Tochter eines edlen Hauses nach, die er verhöhnen sollte.

Von Adel hielt er ohnehin nichts.

So erstaunte ihn auch kaum, dass es der Dame im Gegenzug ähnlich mit der Demokratie erging – sie sollte sich einen Sänger wählen, der auf ihrer Hochzeit spielte.

Doch sie wollte sich gar nicht binden …

Außer ihrer Freiheitsliebe hatten die beiden unterschiedlichen Charaktere noch etwas gemeinsam – ihren Stolz!

Und so war es nicht verwunderlich, dass sie einander bei ihrem ersten Treffen zugleich anziehend wie auch abstoßend fanden.

Dies gelangte darin zum Ausdruck, dass sie vor all ihren Höflingen und den Frauen, die ihn anhimmelten, ihm das Leben zur Hölle machte, indem sie vom Hafer gestochen wurde, ihre Zunge nicht zügelte und über sein markantes Kinn sagte, es sähe aus wie der Schnabel – den die Gute besser gehalten hätte – einer Drossel: Drosselbart.

Gefallen an etwas oder jemandem haben und sich etwas gefallen zu lassen sind zweierlei Dinge schon immer gewesen ...

So eroberte der Sänger nicht die Gunst der weiblichen Fans, sondern die eines breit gefächerten Publikums.

Als kostümierter König der Spielleute kehrte der exzellente Musiker zu einem weiteren Vorsingen vor der Dame zurück, die nach wie vor unverheiratet war.

Ihrem zukünftigen Gemahl reichte die Blasphemie mit anzusehen, wie sie ihn anbetete.

Doch von wegen, sie wurde dem Sänger angetraut!

Sie wurde von ihrem Verlobten verstoßen und von ihrem Vater daraufhin vor die Tür gesetzt.

Also folgte sie dem Spielmann über das Land, fuhr zu jedem seiner Konzerte.

Natürlich bemerkte er sie, strafte sie aber mit Ignoranz.

Eine Drossel ist ein Sperlingsvogel – und ein Sperling ist ein Spatz.

In der Wandlung der vererbbaren Merkmale einer Population dürfte das nicht ganz richtig sein.

Aber was seine Popularität betraf schon – Spatz war wohl nur einer der zig Kosenamen, die ihm seine Groupies gaben.

Sie sah etliche Frauen nachts mit ihm schlafen gehen und morgens aus seinem Bett aufstehen, als er ihr wenigstens die Aufmerksamkeit schenkte, sie zu seinem Mädchen für alles – nur eben nicht das seine – zu machen.

Leider lagen ihr die Arbeiten gar nicht.

Und so war der zerbrochene Krug auch nur ein Synonym für den Streit, der zwischen ihnen entbrannte.

Dennoch war sie Feuer und Flamme für ihn.

Selbst als er sie eines Tages zum Kochen und dem Küchendienst bei einer Hochzeitsfeier in seinem, durch die Einkünfte seines Erfolgs und der damit verbundenen Karriere erworbenen, Schloss einteilte.

Neugierig lugte sie in den Saal, um die Braut zu erspähen. Doch sie erblickte bloß Drosselbart, den sie in jenem Moment erst als den wiedererkannte, der er war.

Sie musste blind gewesen sein – und war es auch in dem Augenblick vor Liebe, in dem ihr vor Schreck das Geschirr aus den Händen fiel.

So entstand der Brauch, am Polterabend Geschirr zu zerschmettern …

Denn der Spielmann kam auf sie zu und steckte ihr einen Ring an den Finger.

Mit einem Nicken, dass ihr einvernehmliches Jawort besiegelte, zogen die beiden in ihren goldenen Käfig ein.

Und wenn sie nicht ausgeflogen sind, dann turteln sie vielleicht noch heute dort.

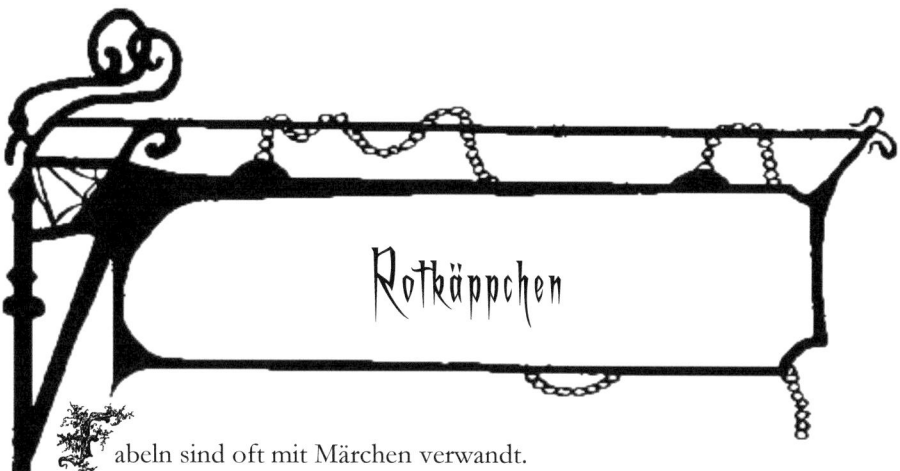

# Rotkäppchen

Fabeln sind oft mit Märchen verwandt.

Und auch deren Figuren ...

So fließt beider Blut im Wolf.

Doch entspricht dieser im *Schafspelz* keiner Fabel – und auch kein Märchenbuch ist das Buch der Bücher.

Seine Quelle liegt nur indirekt in niedergeschriebener Tinte. Sie ist einer Redewendung der Bibel entlehnt.

Gemeint war damit kein Tier im eigentlichen Sinne, sondern jemand, in dessen Natur es lag, schadenbringende Absichten mit harmlosem Auftreten zu verschleiern.

Von hinreißend sein bis zum reißenden Wolf war es daher nur ein ähnlicher Katzensprung wie zwischen Fabel und Märchen.

Beide laufen nicht auf den Urvater des Hundes hinaus, sondern auf einen gern Pelze tragenden Mann mit Goldkette um den Hals, der sich jedoch nicht anleinen ließ, sondern lieber andere an sich kettete und an sein Haus band.

Eventuell stammt von ihm auch der Mythos des Werwolfs ab, dessen namentliche Herkunft auf Mann-Wolf zurückgeht. Doch das wäre spekulativ.

Sicher ist nur, dass unser Mann entweder Wolf hieß oder auf Grund seines Erscheinungsbilds, eher aber wohl noch seines Verhaltens, mit einem assoziiert wurde.

Ähnlich erging es Rotkäppchen, die nicht etwa wegen einer roten Kappe so genannt wurde, sondern wegen ihrer roten Pagenschnittfrisur, die äußerst selten war und seltsam für damalige Zeit anmutete.

41

Auf den beiden Protagonisten beruhten sie nun, die zig Variationen einer Fabel und eines Märchens, die die zwei dennoch nicht zu besseren Eltern der Genres ihrer Geschichte machten.
Schmeichelhaft tat sich niemand hervor ...

Hier nun, wie es wirklich war:
Rotkäppchen könnte man ironisch als Schätzchen bezeichnen – ein hübsch anzusehendes Ding, welches seinen Blick jedoch stets nur auf das eigene Wohlergehen und die Bewunderung seiner Person ausgerichtet hatte.
Von Hilfsbereitschaft keine Spur ...
Und so maulte sie auch, als die Mutter ihr einen Korb mit Kuchen und Gin – von wegen Wein – in die Hand drückte, sie aufforderte die Finger davon zu lassen, diesen zur Großmutter zu bringen und nicht vom Wege abzuweichen.
Wie jede Tochter hasste sie die Belehrungen und Ermahnungen – *wir wollen nur dein Bestes, Kind*!

Warum musste die Alte auch wie eine Hexe im Wald leben?
Und warum sollte sie deshalb einen Umweg machen?
Ihr schmerzten die Füße schon beim Gedanken daran. Zudem wollte sie Blasen oder gar Besenreißer an den Beinen vermeiden.

So hörte sie sich zwar das Gerede der Mutter an – letztendlich ging es ihr aber zum einen Ohr rein, zum anderen wieder raus und nichts blieb dazwischen hängen von den Warnungen vor üblen Gestalten.
Im Gegenteil – ihre Neugier war geweckt und ihre Abenteuerlust erwacht.
Weisung hin oder her ...
Sie meinte, alt genug zu sein, um selbst zu entscheiden, was sie zu tun und was zu lassen beliebte.

Und es kam, wie es kommen musste, sie lief dem (Herrn) Wolf in die Arme, der sich interessiert erkundigte, wohin des Weges sie sei.
Bereitwillig erzählte sie ihm von der eine Krankheit simulierenden Großmutter, die eigentlich nur ihre Ruhe von der Verwandtschaft wollte und zu der sie geschickt worden war, obwohl sie genau wusste, dass diese ähnlich mürrisch auf ihren Besuch reagieren würde, wie sie selbst von der Aussicht begeistert war, dort ein ungebetener Gast zu sein.

Der Wolf horchte auf und lachte.
Was so komisch sei, wollte die Rothaarige wissen.

Und er erklärte ihr, dass er sich ebenfalls zu dem Haus im Wald aufgemacht habe.

Er lullte sie ein, wie schäbig es sei, dass keiner von ihnen Blumen für die alte Dame habe, woraufhin sie sich überreden ließ, auch noch zum Floristikstand auf dem Markt in der Waldsiedlung zu gehen, während er vorlief, um sie anzukündigen und somit die Großmutter vielleicht gnädig zu stimmen.

Seine Richtigkeit hatte natürlich nichts von dem Gesagten aus dem Mund einer durch und durch falschen und hinterhältigen Person.
Die Wahrheit stand wie so oft zwischen den Zeilen ...

Die vorgetäuschte Krankheit sollte nun echt wirken, die Großmutter wie eine gebrechliche, bettlägerige alte Frau.
Als sie sich jedoch weigerte, zu suggerieren etwas zu sein, was sie sonst tunlichst vermied auch nur im Anschein zu erwecken, da übernahm er selbst diese Rolle.

So fraß der Wolf bloß metaphorisch die Großmutter.
Verschlungen hatte er sie bereits, indem sein Unternehmen ihr Haus gekauft hatte und sie dadurch ihre Spielschulden bei ihm tilgte. Er räumte ihr jedoch ein lebenslanges Wohnrecht und Arbeit in dem Etablissement ein, welches er dort eröffnet hatte.
Davon sollte die Familie nichts wissen, und folglich wollte sie von der Verwandtschaft auch nichts mehr hören oder gar sehen.
Vor dem Eintreffen der Enkelin entschied der Wolf also, vertretungsweise die Hausherrin zu spielen und stöberte in deren Kleidung und Schminksachen.

Als es an der Tür klopfte, sprang er ins Bett.

Nach längerem Zögern trat das Schätzchen ein.

Sie war nicht dumm – die eindeutige Reklametafel auf dem Dach übersah wohl nicht einmal ein Einfältiger – wollte der Inszenierung jedoch eine Bühne bieten und hinterfragte daher, warum die Oma so große Ohren habe, und tat, als habe sie das ins Auge Springende nicht erblickt, was wohl kaum einem Blinden gelungen wäre.

Als Antwort erhielt sie vom Wolf, dass ihm das Geld für einen Schönheitschirurgen fehle.

Von der Frage nach seinen großen Augen fühlte er sich geschmeichelt und antwortete endlich, ein Make-up gefunden zu haben, welches diese Wirkung erziele.

Doch auf die Frage, warum sein Mund so groß sei, riss ihm der Geduldsfaden, und er gab sich zu erkennen.

Nun lachte Rotkäppchen, die den Wolf als solchen sofort enttarnt hatte und auch das Haus auf den ersten Blick als Nachtclub identifizieren konnte.

Ihre Großmutter trat hinzu und war nicht wenig verblüfft, anstelle von Vorwürfen die Bitte um eine Einstellung als Burleske-Tänzerin zu hören.
Alt genug war das Kind – und sie wusste, was sie wollte.

So avancierte sie zu einem berühmten Pin-up-Girl und zog den Besuchern des Hauses das Geld aus den Taschen, welches die Großmutter fortan gern beim Kartenspiel verlor und von dem sich der Wolf neue Pelze leistete, während sie die Anerkennung der *Jäger* genoss, sich jedoch nie zum Freiwild machte.

Und wenn sie nicht auf dem Straßenstrich landete, weil die Großmutter alles auf die falsche Karte setzte, dann tanzt sie dem Wolf noch heute vor und auf der Nase herum.

# Der gestiefelte Kater

**W**ein ist es, der noch zur Konstellation Weib und Gesang gehört.
Assoziiert mit Rausch und Fruchtbarkeit.

So stiefelte man vom griechischen Beinamen Bakchos zum Dionysos über den italienischen Liber pater hin zum lateinisch gebräuchlichen Bacchus, der seinen triumphalen Einzug in das römische Reich und dessen Mythologie als Gott des gegorenen Traubensafts feierte.

Dem Getränk wohnt die Seele eines Geistes bei, weshalb sich auch der Begriff *Weingeist* prägte.

Mythologische Gespinste verwoben sich zum Märchen.

Doch dieses war weitaus weniger mystisch, als man es durch Göttersagen annehmen könnte.

Zwischen Himmel und Hölle lag immer noch die Erde; und es war einem jeden selbst überlassen, ob er sich Bacchus hingab und dadurch eventuell nicht nur dem Weinbrand frönte, sondern sich sein eigenes Fegefeuer erschuf.

Wie schnell konnte es teuflisch werden und dem betrunkenen Mann statt einer weinbekränzten Krone Hörner aufsetzen?

Aus der Ikonographie des fröhlichen, musizierenden, von Frauen und anderen Zechern Umlagerten wurde rasch das Bild des einsamen Säufers.

Und genau die Phantastereien eines solchen im Delirium, die er vor sich hin lallte, führen in die Fußstapfen des Märchens des gestiefelten Katers.

Die Spurensuche lag nur einen Katzensprung entfernt!

Nähern wir uns an:

Aus der Dreierkonstellation von Wein, Weib und Gesang waren unserem Berufsmüller, der privat der Punkszene zuzuordnen war, nur zwei Dinge geblieben – Schulden und ein räudiger, verlauster Kater, der es seinem Herrn gleichtat, was Miezen und Katzenjammer betrafen.

Das Tier trat quasi in seine Stapfen.
So ließ der Kater weder das Mausen noch der Punk vom Alkohol ab, was zu seiner schrägen Finanzlage führte.

Auf Grund dieser Null-Bock-Haltung verlor der einstige Müller alsbald seine Mühle und lag fortan abwechselnd bettelnd oder besoffen, manchmal gar beides gleichermaßen, auf der Straße.

Für Bacchus gab er sein letztes Hemd.
Und wegen ihm pinkelte er sich in die Hose.

Beseelt vom Weingeist, aber noch versehen mit einem Funken Verstand, kam dem Punk die zündende Idee, dass er dringend baden müsse.
Am See, den er sich dafür auserkor, führte eine Straße entlang.

Kaum war er im Wasser, drängte gleiches auch schon wieder aus seiner Blase.
Just in dem Moment, in dem er ... nun ja ..., fuhr einer seiner Zechkumpane vorbei und hielt an.
Als er seinen Trinkfreund im kalten Nass sah, geriet dieser in Erklärungsnot.
Die Temperatur hatte nicht zur Ernüchterung beigetragen, obwohl es wirklich eisig war – aber dem Punk lief ein kalter Schauer der Scham über den Rücken.

Gepeinigt von Kopfschmerzen und Übelkeit klagte er, er litte unter einem Katarrh – einer Schleimhautentzündung, die ganz ähnliche Symptome mit sich brachte wie der übermäßige Genuss des Rebensafts.

Da er aber noch einen erheblichen Teil Restalkohol im Blut hatte und ihm die Zunge ebenso schwer wie das Herz war, verstand sein Gegenüber, er habe einen Kater.
Und das stimmte ja auch.

Genau diesem wurden daraufhin Stiefel angedichtet, und es kam, als entschuldigende, dennoch unglaubwürdige Ausrede, zur Geschichte mit den Feldern, dem Schloss und dem Zauberer, der seine Künste vorführte und überlistet wurde.
Später erst ergänzte man diese Episoden um die Königstochter und den Grafentitel.

Und gäbe es nicht die Konstellation *hätte-wäre-wenn*, dann obläge dem Märchen vielleicht ein größerer Wahrheitsgehalt ...

Doch so wurde der Müller, der im Wasser stand, seiner kleinen Zukunftsvision Lügen gestraft.

Und wenn er nicht irgendwann im See ertrank, so ging er doch im Suff unter.

# Die Bremer Stadtmusikanten

**B**lut und Milch, so sagt man, seien Lebenselixiere.
Für manchen Autoren mag noch Tinte hinzukommen.
Vielleicht geht *blaues Blut* daher auch auf Schriftsteller und nicht Könige und Kaiser zurück.
Einige Schreiber werden geadelt, indem ihre Werke noch nach ihrem Tod lebendige Literatur, gelesene Zeugnisse ihres Schaffens bleiben.
Und andere krönen sich selbst ...

Wie sie sich die Krone aufsetzen?
Als Lügenbarone, Grafen der Unwahrheit oder als Märchenprinzen.

Anstatt jedoch das Zepter oder die Feder zu schwingen, tat Ihre *Hochwohlgeborenheit* dies mit Reden.
Edel an ihm war nicht seine Herkunft, sondern wie das blaue Blut – die Tinte – in seine Adern kam, durch seine Lippen floss und seine Hände diese Worte, die dann aus seinem Mund kamen, zu einer Geschichte auf Papier umsetzten, die halb seiner wahren entsprach.
Und hier kommt es zum *Es war einmal* ...

Es war einmal ein Bauer, den alle für einen Esel hielten, weil sein Dasein sich nicht auf die Zucht von Pferden, Kühen und Schweinen beschränkte, sondern seiner Fantasie keine Grenzen gesetzt waren, wodurch er die Realität oft übertrieb und die Leute ihn belächelten, sich über ihn lustig machten oder ihn gar schallend auslachten.

Der von ihnen Esel Genannte bellte sie dann wie ein Hofhund an, fuhr die Krallen wie ein Kater aus und krähte weiter wie ein Hahn auf dem Misthaufen.

Böse Zungen behaupteten, seine Persönlichkeit habe sich gespalten.
Aber dem war nicht so ...

Der Lärm von allen Seiten blieb nicht ungehört.
Besonders der Leiter des im Volksmund verschrieenen Irrenhauses hatte ein Ohr dafür offen.
Er lauschte auf, als es hieß, der Mann trinke.
Oh, keinen Alkohol – Milch, weil er meinte, sie inspirierte ihn und weckte seine Lebensgeister.
Doch    diesen Umstand verschlief der Leiter oder er wurde ihm verschwiegen ...

In aller Stille führte er daher an zuständiger Stelle die Mythologie des Minotaurus an, der das Labyrinth – einen *Irrgarten* – bewachte, und ließ den Bauern in eben diesen – seinem *Garten der Irren* – unterbringen.

Dies geschah in räuberischer Absicht; denn der Leiter der Nervenheilanstalt – die keine Heilung irgendeiner Seele je hervorgebracht hätte – war habgierig, und der Bauer nicht unvermögend.
Allerdings war dieser aber auch ein alter Herr.
Diese Tatsache genügte nun der Dorfgemeinschaft, ihn als unnützen, verrückten Sturkopf abzutun, was ihm an und für sich nichts ausmachte.
Bis er eben auf diesen Ganoven traf, der die Kuh zu gerne an den Hörnern oder dem Schwanz packte, glauben wollte, was andere annahmen, und dem Bauern einen Raum – eine Zelle – für seine Geschichten in dem im Wald gelegenen *Räuberhaus* – der Irrenanstalt – gab.

In seiner Verzweiflung erdachte sich der Bauer das Märchen, indem er sich dem widmete, was ihm ohnehin unterstellt wurde.
Er träumte davon, den Leiter mit lautem Gebrüll zu ängstigen und zu vertreiben.
In Wahrheit vertrieb er sich aber bloß die Zeit ...
Dass es ihm dort so gefiel, dass er nicht mehr hinaus wollte, war also eine bittere Lüge.

Doch sein Schicksal fesselte nicht nur ihn, es hielt auch andere – nur auf andere Art als den Bauern – gefangen.

Besonders einige Musikanten faszinierte sein niedergeschriebenes Elend.
Und so wandelten sie die Version des Bauern ab, vertonten den Text und erlebten, falls sie nicht gestorben sind, wie das Ende des Lieds ausging:
Es erklingt bis heute als Märchen der Bremer Stadtmusikanten.

# Rumpelstilzchen

*Ach, wie gut, dass niemand weiß ...*
Oh nein, weit gefehlt, wer nun richtig zu liegen meint, wie es weitergeht – es verlief anders, ganz anders ...

Schlecht, wenn man selbst sich nicht kennt, keine Ahnung hat, wer man ist.
Ein Freund meinte einst, es käme gar nicht auf das *Wer* oder *Was* an, sondern darauf, *wie* man sei.

Und wie war er, der Protagonist?
Innerlich mit sich überworfen, zerrüttet, leer. Eine Persönlichkeit, der unterstellt wurde, dass es ihr an eben dieser mangele.
Aber dennoch war er kein Mitläufer, sondern besonders – sonderbar.
Ein Sonderling?

Wer es sich einfach machte, tat sich leicht das zu glauben.
Doch wer außer ihm wusste ...
Wer wusste etwas über ihn, den Außenseiter?

Simpel war es, sich Meinungen zu bilden. Zu meinen aber, sie seien Bildung, das wahre Wissen, war oft ein aberwitziger, doch nicht komischer Irrglaube.
Und wer strafte sich selbst schon gern Lügen?

So hatte das Märchenerzählen seinen Ursprung – man erzählte sich Märchen.
*Und wenn sie nicht gestorben sind …*

Oh, sicherlich ist er heute tot – und auch die anderen sind längst begraben, die damals Dreck über ihn ausschütteten.

Doch seine Geschichte verschwand nicht mehr von der Erde, war nicht mehr aus der Welt zu schaffen – die des armen Wahnsinnigen, der Stroh zu Gold spinnen können sollte – gesponnen – und der der Königin ihr Kind rauben wollte.

Legenden ...

... basierend darauf, dass er gern in Feldern saß und das Korn in seinen Händen in der Sonne glänzen sah, sich daraus Kränze band und diese wie eine Krone trug.

„König der Verrückten" wurde er genannt.

Oder – dazu später ...

Woher das oder, gar woher er kam - das konnte keiner bezeugen.

Doch jeder wird zustimmen, dass dem armen Kerl bitteres Unrecht getan wurde, indem man ihm gelegentlich eine Zwangsjacke anlegte; immer dann, wenn ihn die Verzweiflung gepackt hatte und er es nicht mehr aushielt.

Immer dann wurden ihm die Hände gebunden, immer dann, wenn er sich die Arme aufschnitt ...

Er hatte Grenzen im Land überschritten und Grenzgebiete seiner Seele betreten – er war ein *Grenzgänger*, ein Borderline-Patient, dem nicht Spott durch die Redewendung gleich *Rumpelstilzchen zu spielen* gezollt werden sollte, sondern Mitgefühl.

Und wenn er sich nicht, wie im Märchen, zerriss, dann zerriss es zumindest ihn ...

Manchmal war es ach wie gut, nicht zu wissen, was jemanden zu dem machte, wer er war – und wie ...

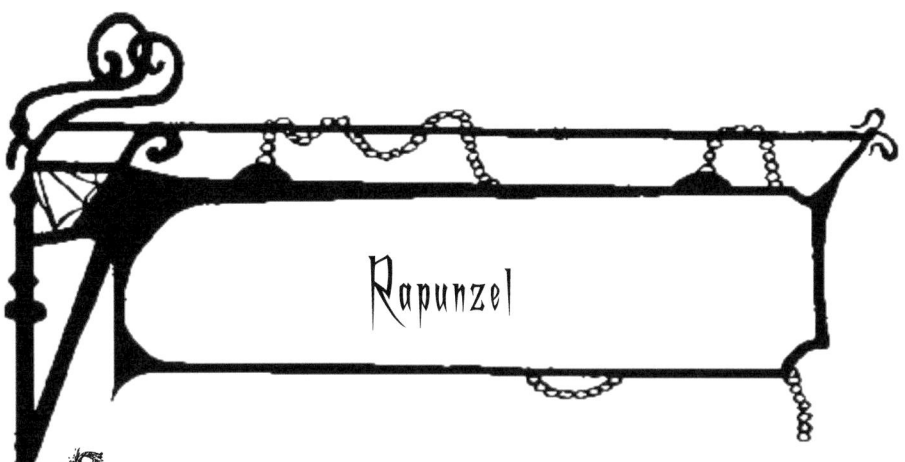

# Rapunzel

Haarsträubend ist es, lässt diese einem manchmal zu Berge stehen, was an ihnen herbeigezogen werden kann, durch simple Abwandlung nur eines Wortes …
Eine Gelegenheit, die am Schopf gepackt werden muss …

Sie führte nicht zurück auf Kairos, den griechischen Gott des günstigen Augenblicks, dem am Hinterkopf keine Locken wuchsen, weshalb man ihn an der vorderen Strähne – der Glückssträhne – zu fassen kriegen musste.
Dieses Schauermärchen führte auf ein Mädchen zurück, an dem kein gutes Haar gelassen wurde.

Von wegen *von* der Hexe eingesperrt – *als* Hexe in den Hungerturm geworfen traf wohl eher zu.

Ein Ort, an dem seine Insassen lediglich bei Brot und Wasser gehalten wurden, wodurch ihnen der Tod durch Entkräftung, Nährstoff- und Lichtmangel drohte, hatten sie den Sturz durch das Angstloch in das Verlies überlebt.

Eine, die sich am Zopf aus dem Morast ziehen wollte und immer tiefer in einen Sumpf geriet, war eben jenes arme weibliche Geschöpf, dessen Schicksal durch die Verwechslung des einen Wortes zu einer Geschichte wurde, welcher nichts Märchenhaftes anhaftete.
Uns blieb ihr Erbe nicht einmal als Mahnung; übrig war kein Haar, dass man ihr gekrümmt und letztlich abgeschoren hatte – lass dein Haar hernieder …

Und all das wegen Neid – der Missgunst einer Frau, deren wollüstiger Mann dem Mädchen mit den goldenen Flechten nachstellte.

Anstatt ihm die Hölle heiß zu machen, bereitete die Alte sie der Kleinen, als diese durch Vergewaltigung von jenem Göttergatten ein Kind austrug.
Geboren wurde es neben den Rapunzeln auf einem Acker.
Jedoch trug das Baby nicht fortan den Namen des Feldsalats wie überliefert ...

Hier setzt die Differenzierung ein, die zu einem Spagat wurde und eine Zerreißprobe darstellt, wie weit sich der Bogen zwischen Literatur und Realität spannen lässt.
Es wurde kein akrobatischer Akt, sondern einer, wie pfeilschnell eine flinke Zunge, mit Haaren darauf, Unheil stiften konnte.

Von den Haaren auf den Zehen leiteten sich die auf den Zähnen her und galten als Umschreibung für besondere Männlichkeit, welche bei den Herren der Schöpfung mit Couragiertheit bewertet wurde, bei Frauen jedoch zum Ruf des Gegenteiligen führte, ihnen Unweiblichkeit unterstellte und ihnen ein bissiges Mundwerk nachsagte.

Das sprach nicht für die Frau – doch genau deshalb macht sie in diesen Zeilen von sich reden.
Sie verleugnete das Mädchen und denunzierte das arme Ding bei der Inquisition, Buhlschaft mit dem Teufel begangen zu haben.

Eine sehr geschönte Wahrheit – log man sich die Unschuld des eigenen Gemahls selbst vor, der durchaus als treuloser Bock verschrien war. Ein Tier, welches wiederum den Fürsten der Finsternis symbolisiert.
So stimmte wenigstens ein kleiner Funken. Doch dieser entzündete großes...

Aus den Mündern der Leute wurden Schreie laut:
„Brennen soll die Hex!"

Man klagte das Mädchen an, nahm ihr das Kind, inhaftierte sie, unterzog sie der peinlichen Befragung und Hexenprobe, folterte sie, bis sie gestand, verurteilte sie und bereitete ihr den Scheiterhaufen, auf dem sie hingerichtet wurde.

Und wenn sie nicht gestorben wäre, nicht Würde und Leben verloren hätte, dann hätte sie auch nicht die zweifelhafte Ehre erlangt, als verfälschte Märchenfigur in eine richtige Geschichte einzugehen.

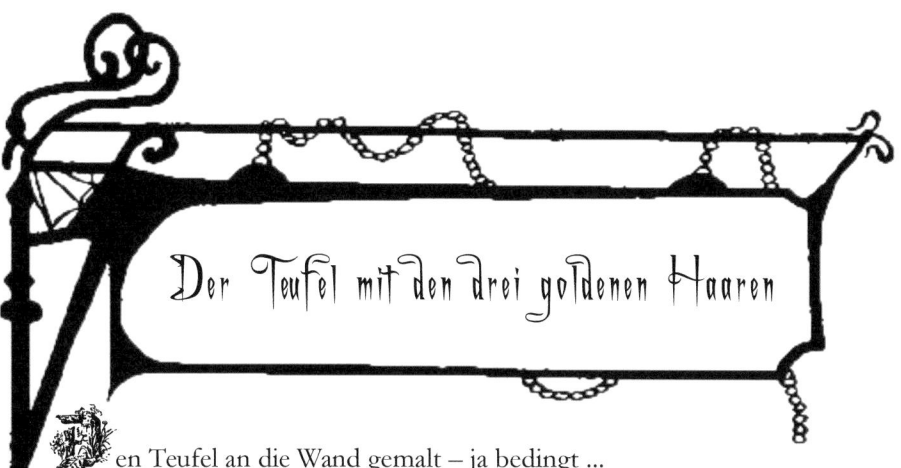

# Der Teufel mit den drei goldenen Haaren

Den Teufel an die Wand gemalt – ja bedingt ...
Aber das war es nicht nur – oh nein – was sich abzeichnete, um zur dazugehörigen Legende über die drei goldenen Haare zu gelangen.

Was wirklich vor sich ging:
Jeder sollte wissen, dass es Gebot war, sich kein Bild Gottes zu machen.
Und so verhielt es sich auch mit seinem Widersacher ...

Nun waren aber Teufelsdarstellungen ausgesprochen populär – so sehr, dass es niemanden gab, der nicht irgendwann diese Art der Kunst erblickt hätte oder über sie redete, sie gar ausübte ...

Parapsychologie war vom Glauben an Übernatürliches zu einer Wissenschaft geworden.
Doch dies schürte nicht unbedingt Wissen, sondern erschuf alten Aberglauben neu.

Ob nun eine gewandte Zunge im Mund oder ein geschickter Pinselstrich per Hand spielte dabei wohl keine Rolle – man sagte, es brächte Unglück und lockte den Teufel an, machte man sich Bilder von Gespenstern, Geistern und Dämonen.

Einem solchen Gespinst saß eine Schwangere auf.
Oder wurde sie vom Teufel geritten?

Besessenheit galt als ein Zweig der Forschungsgebiete.
Doch wo lagen die Wurzeln?
Gab es zuerst den Fürsten der Finsternis, der die Leute in den Wahnsinn trieb, oder war es ihre Psyche, die ihnen die Existenz von jenem vorgaukelte?

Dies war der Weg, Phänomene zu ergründen, der für manch einen auch zum Pfad in die eigenen Abgründe wurde.

Es oblag hier nicht über die werdende Mutter zu urteilen, über ihren Geisteszustand oder ihren Standpunkt Geister wahrzunehmen ...
Sie konnte durchaus mediale Fähigkeiten *besessen* haben.

In jedem Fall, der sie zum Sturz brachte, verfügte sie über das Können, unerklärliche Erscheinungen, Schatten und diffuse Umrisse zu sehen; Objekte, die sich von selbst zu bewegen schienen.
Sie spürte eine dritte Anwesenheit über ihre eigene und die ihres ungeborenen Kindes hinaus, nahm grundlose Temperaturschwankungen wahr. Und sie hörte ein Poltern und Klopfen, lauter als ihren Herzschlag, der diesen zum Rasen brachte. Oder Stimmen, die ihr das Blut in den Adern gefrieren ließen und sie gleichzeitig fiebrig machten.

In einem Zustand dieser Grenzerfahrungen brachte sie auch ihren Sohn zur Welt. Himmel auf Erden und Hölle zugleich.

Kurz darauf verstarb die Frau.

So wurde das Kind nicht, anders als in der Märchenversion, in einem Fluss ausgesetzt, sondern eher in Tränen um die Mutter ertränkt.
Weil es aber damit nicht getauft werden sollte, nahm sich die Großmutter des Jungen an und adoptierte ihn, was sie existenziell für die Gegebenheiten der Geschichte werden und einen wichtigen Platz einnehmen ließ.

Die Mühle wurde in der späteren Variante also nur symbolträchtig als Pseudonym eingebaut – Wasser und Mehl waren lebenserhaltend ...
König, Prinzessin und Räuber gab es ebenfalls so nicht. Auch sie wurden als plausible Erklärungen eingefügt.
Kröte und Maus gelten seit jeher als Tiere, die für Fruchtbarkeit stehen.
Doch diese versiegte, wie der Wein im Brunnen. Und auch der Apfelbaum trug keine Früchte mehr.
Der Fährmann bedurfte keiner Erläuterung – er stand für den Tod der Mutter.

Was blieb, war die Legende dreier goldener Haare – die Farbe war nicht etwa blond.

Der Ton spiegelte Feuer und Licht wieder – das wohl bekannte Lied von Hölle und Himmel.

Man sagt Haaren zudem die Macht der Erkenntnis nach – aus dem Kopf gewachsenes Wissen.

Ob man dadurch nun mehr von Parapsychologie verstand?

Oder dem (Aber-) Glauben einheizte?

Das Schicksal der Frau ließ andere kalt.

Aufgewärmt wurde letztlich immer nur wieder, dass sich an die Wand gemalte Teufel nicht exorzieren ließen.

Und wusch man sie nicht ab, dann könnte man dies noch immer mit Weihwasser nachholen …

# Von einem der auszog, das Fürchten zu lernen

um Henker noch mal!

Wieder so ein Netz aus Versponnenem ...

Verfangen war darin ein Mann, der nicht etwa am Galgenberg schlief, um das Fürchten zu lernen. Sondern ein kleiner, mieser, betrügerischer Taschenspieler, der auch noch depressiv war und der mit einem Wanderzirkus umherzog, der genau dort, vor den Toren eines unheimlich anmutenden Schlosses, sein Lager aufgebaut und somit vorübergehend an diesem Ort aufgeschlagen hatte.

Dass unser Mann keine Angst kannte, stimmte wohl.

Doch nicht etwa, weil er einfältig war – er hatte einfach zu viel gesehen und erlebt, was ihn so abstumpfte, dass er meinte, ihn könne nichts mehr schrecken.

Sein Vater, der ebenfalls nichts anderes konnte und ihm somit auch nichts anderes beigebracht hatte, war ebenfalls ein Hochstapler gewesen – einer, der es nicht ertrug, dass sein Sohn bald geschickter im Umgang mit Karten und Kegeln war, und den er deshalb verstieß, nachdem jener ihn abgezockt hatte, um wenigstens eine Aussteuer, wenn sonst schon nichts weiter außer Schlägen, von seinem alten Herrn zu bekommen.

Er haute daraufhin ab und brannte mit der stark tätowierten Dame, deren Mutter die Frau mit Bart war und die selbst als diejenige mit den längsten Haaren der Welt auf Plakaten angekündigt wurde, welche natürlich nicht echt waren – sie hatte eine Glatze –, durch.

Leider war er nicht außergewöhnlich genug – kein Freak.

Aber um dennoch der zusammengewürfelten Familie des stärksten Manns, dem, mit den drei Armen und nur einem Bein, der siamesischen

Zwillingsschwestern, der dicksten Dame, des Gedankenlesers, der Schlangenfrau, dem Fakir und den Kleinwüchsigen, wovon einer als die Sensation eines sprechenden Babys auftrat, beiwohnen zu können, wurde er zu dem, der ausgezogen war, das Fürchten zu lernen, weil es ihm nicht gruselte.

Sich dabei alle Schreckhaftigkeit abzugewöhnen war ein schwieriges Unterfangen, welches ihm jedoch zum Preis der Gleichgültigkeit, an der seine Liebe letztlich zerbrach, gelang.

Nun hieß es zwar, von Luft und Liebe könne man leben,  aber dem war nicht so, weshalb sich unser Mann mit diebischen Tricks über Wasser halten musste, um nicht unterzugehen.

Und so wurde ihm irgendwann angedichtet, er sei ein Zauberkünstler.
Durch seine dunkle Aura, die er ausstrahlte, musste es so kommen, wie es letztlich auch kam:
Man unterstellte ihm, er sei ein Geisterbeschwörer ...

Diese Kombination aus Gerüchten wurde in einer Teufelsküche gekocht – und in genau diese brachte sie den Mann auch, der seine erste Nacht nicht beim Spiel mit schwarzen Katzen, seine zweite nicht beim Kegeln mit Schädeln und seine dritte nicht mit einer Leiche im Bett im Schloss verbracht hatte.

Wohl wahr ist nur, dass er sich in dieser Zeit, wie sonst auch, dem Setzen, Legen und Tippen hingab.
Und der Tochter des Bürgermeisters, den die Einheimischen spöttisch König nannten.

Die Glatzköpfige bekam Wind davon ...

Und selbst wenn der Spieler zu dem Zeitpunkt frank, frei und ledig war, so traf ihn doch die Rache der Verlassenen, die wusste, wovor es ihm graulte.

So war sie in der vierten Nacht zu seiner Bettstatt geschlichen und hatte den Taugenichts mit einem Eimer, in dessen Wasser Kaulquappen schwammen, übergossen.

Der Mann bekam so einen Schreck, dass er schreiend aufsprang und mit dem Geld, welches er dem König beim Kartenklopfen abgenommen hatte, auf Nimmerwiedersehen verschwand.

Von ihm hörte man nie wieder etwas.
Lediglich, wie die beiden Frauen ihm übel nachredeten …

So wurde angeblich auch die Redewendung *man solle kein Frosch sein* geboren.

Und wie Legenden sich wie Perlen auf eine Kette fädeln, ging ein weiteres Märchen daraus ein in die Geschichte – das vom „Froschkönig", dessen treuem Diener das Herz in Fesseln lag, weil es ihm so schwer war.

Wenn sich unser Mann also nicht zu Tode erschreckt hatte, dann lebt er vielleicht unter anderer Identität weiter ...